Catéchisme révolutionnaire

Michel Bakounine

Principe généraux

Négation de l'existence d'un dieu réel, extra mondial, personnel, et par conséquent aussi de toute révélation et de toute intervention divine dans les affaires du monde et de l'humanité. Abolition du service et du culte de la divinité. Remplaçant le culte de Dieu par le respect et l'amour de l'humanité, nous affirmons la raison humaine, comme critérium unique de la vérité ; la conscience humaine, comme base de la justice ; la liberté individuelle et collective, comme unique créateur de l'ordre de l'humanité. La liberté, c'est le droit absolu de tout homme ou femme majeurs, de ne point chercher d'autre sanction à leurs actes que leur propre conscience et leur propre raison, de ne les déterminer que par leur volonté propre et de n'en être par conséquent responsables que vis-à-vis d'eux-mêmes d'abord, ensuite vis-à-vis de la société dont ils font partie, mais en tant seulement qu'ils consentent librement à en faire partie. Il n'est point vrai que la liberté d'un homme soit limitée par celle de tous les autres. L'homme n'est réellement libre qu'autant que sa liberté, librement reconnue et représentée comme par un miroir par la conscience libre de tous les autres, trouve la confirmation de son extension à l'infini dans leur liberté. L'homme n'est vraiment libre que parmi les autres hommes également libres ; et comme il n'est libre qu'à titre d'humain, l'esclavage d'un seul homme sur la terre, étant une offense contre le principe même de l'humanité, est la négation de la liberté de tous. La liberté de chacun n'est donc réalisable que dans l'égalité de tous. La réalisation de la liberté dans l'égalité du droit et du fait est la justice. Il n'existe qu'un seul dogme, qu'une seule loi, qu'une seule base morale pour les hommes, c'est la liberté.

Respecter la liberté de son prochain, c'est le devoir ; l'aimer, l'aider, le servir, c'est la vertu. Exclusion absolue de tout principe d'autorité et de raison d'État. - La société humaine ayant été primitivement un fait naturel, antérieur à la liberté et au réveil de l'humaine pensée, devenue plus tard un fait religieux, organisé selon le principe de l'autorité divine et humaine, doit se reconstituer aujourd'hui sur la base de la liberté, qui doit devenir désormais le seul principe constitutif de son organisation politique aussi bien qu'économique. L'ordre dans la société doit être la résultante du plus grand développement possible de toutes les libertés locales, collectives et individuelles. L'organisation politique et économique de la vie sociale doit partir, par conséquent, non plus comme aujourd'hui de haut en bas et du centre à la circonférence par principe d'unité et de centralisation forcées, mais de bas en haut et de la circonférence au centre, par principe d'association et de fédération libres.

Organisation politique

Il est impossible de déterminer une norme concrète, universelle et obligatoire pour le développement ultérieur et pour l'organisation politique des nations ; l'existence de chacune étant subordonnée à une foule de conditions historiques, géographiques, économiques différentes et qui ne permettront jamais d'établir un modèle d'organisation, également bon et acceptable pour toutes. Une telle entreprise, absolument dénuée d'utilité pratique, porterait d'ailleurs atteinte à la richesse et à la spontanéité de la vie qui se plaît dans la diversité infinie et, ce qui plus est, serait contraire au principe même de la liberté. Pourtant il est des conditions essentielles, absolues en dehors desquelles la réalisation pratique et l'organisation de la liberté seront toujours impossibles. Ces conditions sont : L'abolition radicale de toute religion officielle et de toute Église privilégiée ou seulement protégée, payée et entretenue par l'État. Liberté absolue de conscience et de propagande pour chacun, avec la faculté illimitée d'élever autant de temples qu'il plaira à chacun, à ses dieux, quels qu'ils fussent, et de payer, d'entretenir les prêtres de sa religion. Les Églises, considérées comme corporations religieuses, ne jouiront d'aucun des droits politiques qui seront attribués aux associations productives, ne pourront ni hériter, ni posséder des biens en commun excepté leurs maisons ou établissements de prière, et ne pourront jamais s'occuper de l'éducation des enfants, l'unique objet de leur existence étant la négation systématique de la morale, de la liberté et la sorcellerie lucrative. Abolition de la monarchie, république. Abolition des classes, des rangs, des privilèges et de toutes sortes de distinctions.

Égalité absolue des droits politiques pour tous, hommes et femmes ; suffrage universel. Abolition, dissolution et banqueroute morale, politique, judiciaire, bureaucratique et financière de l'État tutélaire, transcendant, centraliste, doublure et alter ego de l'Église, et comme telle, cause permanente d'appauvrissement, d'abrutissement et d'asservissement pour les peuples. Comme conséquence naturelle : abolition de toutes les universités de l'État, le soin de l'instruction publique devant appartenir exclusivement aux communes et aux associations libres ; abolition de la magistrature de l'État, tous les juges devant être élus par le peuple ; abolition des codes criminels et civils qui sont actuellement en vigueur en Europe, parce que tous, également inspirés par le culte de Dieu, de l'État, de la famille religieusement ou politiquement consacrée, et de la propriété, sont contraires au droit humain, et parce que le code de la liberté ne pourrait être créé que pour la seule liberté. Abolition des banques et de toutes les institutions de crédit de l'État. Abolition de toute administration centrale, de la bureaucratie, des armées permanentes et de la police de l'État. Élection immédiate et directe de tous les fonctionnaires publics, judiciaires et civils, aussi bien que de tous les représentants ou conseillers nationaux, provinciaux et communaux, par le peuple, c'est-à-dire par le suffrage universel de tous les individus, homme et femmes majeurs. Réorganisation intérieure de chaque pays en prenant pour point de départ et pour base la liberté absolue des individus, des associations productives et des communes.

Droits individuels

Droit pour chacun, homme ou femme, depuis la première heure de sa naissance jusqu'à l'âge de sa majorité, d'être complètement entretenu, surveillé, protégé, élevé, instruit dans toutes les écoles primaires publiques, secondaires, supérieurs, industrielles, artistiques et scientifiques, aux frais de la société. Droit égal pour chacun d'être conseillé et soutenu par cette dernière, dans la mesure du possible, au commencement de la carrière que chaque individu, devenu majeur, absolument libre, n'exercera plus sur lui ni surveillance ni autorité aucune et, déclinant vis-à-vis de lui toute responsabilité, ne devra plus que le respect et, au besoin, la protection de sa liberté. La liberté de chaque individu majeur, homme et femme, doit être absolue et complète, liberté d'aller et de venir, de professer hautement toutes les opinions possibles, d'être fainéant ou actif, immoral ou moral, de disposer en un mot de sa propre personne ; liberté de vivre, soit honnêtement de son propre travail, soit en exploitant honteusement la charité ou la confiances privée, pourvu que cette charité et cette confiance soient volontaires et ne lui soient prodiguées que par des individus majeurs. Liberté illimitée de toute sorte de propagande par le discours, par la presse, dans les réunions publiques et privées, sans autre frein à cette liberté que la puissance salutaire naturelle de l'opinion publique. Liberté absolue d'associations, sans exempter celles qui par leur objet seront ou paraîtront immorales et même celles qui auront pour objet la corruption et la [destruction] [Illisible sur le manuscrit de Nettlau.] de la liberté individuelle et publique. La liberté ne peut et ne doit se défendre que par la liberté ; et c'est un contresens dangereux que de vouloir y porter atteinte sous le prétexte spécieux de la protéger ; et, comme la morale n'a pas d'autre source, d'autre stimulant, d'autre cause, d'autre objet que la liberté, et comme elle n'est elle-même rien que la liberté, toutes les restrictions qu'on a imposées à cette dernière dans le but de protéger la morale ont toujours tourné au détriment de celle-ci.

La psychologie, la statistique et tout l'histoire nous prouvent que l'immoralité individuelle et sociale a toujours été la conséquence nécessaire d'une mauvaise éducation publique et privée, de l'absence et de la dégradation de l'opinion publique qui n'existe et ne se développe et ne se moralise jamais que par la seule liberté ; et la conséquence surtout d'une organisation vicieuse de la société. L'expérience nous apprend, dit l'illustre statisticien Quételet [Bakounine avait écrit : « L'illustre statisticien français Crételet. » En fait, il s'agit du Belge A. Quételet (1798-1831), statisticien et sociologue.] que c'est la société qui prépare toujours les crimes et que les malfaiteurs ne sont que les instruments fatals qui les accomplissent. Il est donc inutile d'opposer à l'immoralité sociale les rigueurs d'une législation qui empiéterait sur la liberté individuelle. L'expérience nous apprend, au contraire, que le système répressif et autoritaire, loin d'en avoir arrêté les débordements, l'a toujours plus profondément et plus largement développée dans les pays qui s'en sont trouvés atteints, et que la morale publique et privée a toujours descendu et monté à mesure que la liberté des individus se rétrécissait ou s'élargissait. Et que, par conséquent, pour moraliser la société actuelle, nous devons commencer d'abord par détruire de fond en comble toute cette organisation politique et sociale fondée sur l'inégalité, sur le privilège, sur l'autorité divine et sur la méprise [le mépris ? » de l'humanité ; et après l'avoir reconstruite sur les bases de la plus complète égalité, de la justice, du travail, et d'une éducation rationnelle uniquement inspirée par le respect humain, nous devons lui donner l'opinion publique pour garde et, pour âme, la liberté la plus absolue.

Pourtant la société ne doit point rester complètement désarmée contre les individus parasites, malfaisants et nuisibles. Le travail devant être la base de tous les droits politiques, la société, comme une province, ou nation, chacune dans sa circonscription respective, pourra en priver [de ces droits » tous les individus majeurs qui n'étant ni invalides, ni malades, ni vieillards, vivront aux frais de la charité publique ou privée, avec l'obligation de les leur restituer aussitôt qu'ils recommenceront à vivre de leur propre travail. La liberté de chaque individu étant inaliénable, la société ne souffrira jamais qu'un individu quelconque aliène juridiquement la liberté, ou qu'il l'engage par contrat vis-à-vis d'un autre individu autrement que sur le pied de la plus entière égalité et réciprocité. Elle ne pourra pourtant pas empêcher qu'un homme ou qu'une femme, dénués de tout sentiment de dignité personnelle, ne se mettent sous contrat vis-à-vis d'un autre individu, dans un rapport de servitude volontaire, mais elle les considérera comme des individus vivant de la charité privée et par conséquent destitués de la jouissance des droits politiques, pendant toute la durée de cette servitude. Toutes les personnes qui auront perdu leurs droits politiques seront également privées de celui d'élever et de garder leurs enfants. En cas d'infidélité à un engagement librement contracté ou bien en cas d'attaque ouverte ou prouvée contre la propriété, contre la personne et surtout contre la liberté d'un citoyen, soit indigène soit étranger, la société infligera au délinquant indigène ou étranger les peines déterminées par ses lois. Abolition absolue de toutes les peines dégradantes et cruelles, des punitions corporelles et de la peine de mort, autant que consacrée et exécutée par la loi.

Abolition de toutes les peines à terme indéfini ou trop long et qui ne laissent aucun espoir, aucune possibilité réelle de réhabilitation, le crime devant être considéré comme une maladie et la punition plutôt comme une cure que comme une vindicte de la société. Tout individu condamné par les lois d'une société quelconque, commune, province ou nation, conservera le droit de ne pas se soumettre à la peine qui lui aura été imposée, en déclarant qu'il ne veut plus faire partie de cette société. Mais dans ce cas celle-ci aura à son tour le droit de l'expulser de son sein et de le déclarer en dehors de sa garantie et de sa protection. Retombé ainsi sous la loi naturelle œil pour œil, dent pour dent, au moins sur le terrain occupé par cette société, le réfractaire pourra être pillé, maltraité, même tué sans que celle-ci s'en inquiète. Chacun pourra s'en défaire comme d'une bête malfaisante, jamais pourtant l'asservir ni l'employer comme esclave.

Droits des associations

Les associations coopératives ouvrières sont un fait nouveau dans l'histoire ; nous assistons aujourd'hui à leur naissance, et nous pouvons seulement pressentir, mais non déterminer à cette heure l'immense développement que, sans aucun doute, elles prendront et les nouvelles conditions politiques et sociales qui en surgiront dans l'avenir. Il est possible et même fort probable que, dépassant un jour les limites des communes, des provinces et même des États actuels, elles donnent une nouvelle constitution à la société humaine tout entière, partagée non plus en nations, mais en groupes industriels différents, et organisés selon les besoins non de la politique, mais de la production. Ceci regarde l'avenir. Quant à nous, nous ne pouvons poser aujourd'hui que ce principe absolu : quel que soit [leur] objet, toutes les associations, comme tous les individus, doivent jouir d'une liberté absolue. La société, ni aucune partie de la société : commune, province ou nation, n'a le droit d'empêcher des individus libres de s'associer librement dans un but quelconque : religieux, politique, scientifique, industriel, artistique ou même de corruption sur elle et d'exploitation des innocents et des sots, pourvu qu'ils ne soient point mineurs. Combattre les charlatans et les associations pernicieuses, c'est uniquement l'affaire de l'opinion publique. Mais la société a le devoir et le droit de refuser la garantie sociale, la reconnaissance juridique et les droits politiques et civiques à toute association, comme corps collectif, qui, par son objet, ses règlements, ses statuts serait contraire aux principes fondamentaux de sa constitution,, et dont tous les membres ne seraient pas mis sur un pied d'égalité et de réciprocité parfaites, sans pouvoir en priver les membres eux-mêmes seulement pour le fait de leur participation à des associations non régularisées par la garantie sociale.

La différence entre les associations régulières et irrégulières sera donc celle-ci : les associations juridiquement reconnues comme corps collectifs auront, à ce titre, le droit de poursuivre devant la justice sociale tous les individus, membres ou étrangers, aussi bien que toutes les autres associations régulières, qui auront manqué à leur engagement envers elles. Les associations juridiquement non reconnues n'auront point ce droit à titre de corps collectifs ; aussi elles ne pourront être soumises, à ce titre, à aucune responsabilité juridique, tous leurs engagements devant être nuls aux yeux d'une société qui n'aura point sanctionné leur existence collective, ce qui pourtant ne pourra ne libérer aucun de leurs membres des engagements qu'ils auront pu prendre individuellement.

Organisation politique nationale

La division d'un pays en régions, provinces, districts et communes, ou en départements et communes comme en France, dépendra, naturellement de la disposition des habitudes historiques, des nécessités actuelles et de la nature particulière de chaque pays. Il ne peut y avoir ici que deux principes communs et obligatoires pour chaque pays, qui voudra organiser sérieusement chez lui la liberté. Le premier : c'est que toute organisation doit procéder de bas en haut, de la commune à l'unité centrale du pays, à l'État, par voie de fédération. La seconde : c'est qu'il y ait entre la commune et l'État au moins un intermédiaire autonome : le département, la région ou la province. Sans quoi, la commune, prise dans l'acception restreinte de ce mot, serait toujours trop faible pour résister à la pression uniformément et despotiquement centralisatrice de l'État, ce qui ramènerait nécessairement chaque pays au régime despotique de la France monarchique, comme nous en avons eu deux fois l'exemple en France, le despotisme ayant eu toujours sa source beaucoup plus dans l'organisation centralisante de l'État que dans les dispositions naturellement toujours despotiques des rois. La base de toute l'organisation politique d'un pays doit être la commune, absolument autonome, représentée toujours par la majorité des suffrages de tous les habitants, hommes et femmes à titre égal, majeurs. Aucun pouvoir n'a le droit de se mêler dans sa vie, dans ses actes et dans son administration intérieure. Elle nomme et destitue par élection tous les fonctionnaires : administrateurs et juges, et administre sans contrôle les biens communaux et les finances. Chaque commune aura le droit incontestable de créer indépendamment de toute sanction supérieure sa propre législation et sa propre constitution.

Mais, pour entrer dans la fédération provinciale et pour faire partie intégrante d'une province, elle devra absolument conformer sa charte particulière aux principes fondamentaux et la constitution provinciale et la faire sanctionner par le parlement de cette province. Elle devra se soumettre aussi aux jugements du tribunal provincial et aux mesures qui, après avoir été sanctionnées par le vote du parement provincial, lui seront ordonnées par le gouvernement de la province. Autrement elle sera exclue de la solidarité, de la garantie et communauté, [s'étant mise] hors la loi provinciale. La province ne doit être rien qu'une fédération libre de communes autonomes. Le parlement provincial comprenant, soit une seule chambre composée de représentants de toutes les communes, soit de deux chambres, dont l'une comprendrait les représentants des communes, l'autre les représentants de la population provinciale tout entière, indépendamment des communes., le parlement provincial, sans s'ingérer aucunement dans l'administration intérieure des communes, devra établir les principes fondamentaux qui devront constituer la charte provinciale de devront être obligatifs (sic) pour toutes les communes qui voudront participer au [parlement provincial] [Ici, dans le manuscrit de Nettlau, plusieurs mots illisibles.]. [Prenant les principes du présent catéchisme, pour base], le parlement codifiera la législation provinciale par rapport tant aux devoirs et aux droits respectifs des individus, des associations et des communes, qu'aux peines qui devront être imposées à chacun en cas d'infraction aux lois par lui établies, laissant pourtant aux législations communales le droit de diverger de la législation provinciale sur des points secondaires, mais jamais dans la base ; tendant à l'unité réelle, vivante, non à l'uniformité, et se confiant, pour former une unité encore plus intime, à l'expérience, au temps, au développement de la vie en commun, aux propres convictions et nécessités de la commune, à la liberté en un mot, jamais à la pression ni à la violence du pouvoir provincial, car la vérité et la justice même, violemment imposées, deviennent iniquité et mensonge.

Le parlement provincial établira la charte constitutive de la fédération des communes, leurs droits et leurs devoirs respectifs, ainsi que leurs devoirs et droits vis-à-vis du parlement, du tribunal et du gouvernement provinciaux. Il votera toutes les lois, dispositions et mesures qui seront commandées, soit par les besoins de la province tout entière, soit par des résolutions du parlement national, sans perdre jamais de vue l'autonomie provinciale ni l'autonomie des communes. Sans jamais s'ingérer dans l'administration intérieure des communes, il établira la part de chacun, soit dans les impôts nationaux, soit dans les impôts provinciaux. Cette part sera répartie par la commune elle-même entre tous ses habitants valides et majeurs. Il contrôlera enfin tous les actes, sanctionnera ou rejettera toutes les propositions du gouvernement provincial, qui sera mutuellement toujours électif. Le tribunal provincial, également électif, jugera sans appel toutes les causes entre individus et communes, entre associations et communes, entre communes et communes, et en première instance toutes les causes entre la commune et le gouvernement et le parlement de la province. La nation ne doit être rien qu'une fédération de provinces autonomes. Le parlement national comprenant, soit une seule chambre composée des représentants de toutes les provinces, soit deux chambres dont l'une comprendrait les représentants des provinces, l'autre les représentants de la population nationale tout entière indépendamment des provinces, le parlement national, dans s'ingérer aucunement dans l'administration et dans la vie politique intérieure des provinces, devra établir les principes fondamentaux qui devront constituer la charte nationale et qui seront obligatoires pour toutes les provinces qui voudront participer au pacte national.

Le parlement national établira le code national, laissant aux codes provinciaux le droit d'en diverger sur les points secondaires, jamais sur la base. Il établira la charte constitutive de la fédération des provinces, votera toutes les lois, dispositions et mesures qui seront commandées par les besoins de la nation tout entière, établira les impôts nationaux et les répartira entre les communes respectives, contrôlera enfin tous les actes, adoptera ou rejettera les propositions du gouvernement exécutif national qui sera toujours électif et, à terme, formera les alliances nationales, fera la paix et la guerre, et seul aura le droit d'ordonner pour un terme déterminé la formation d'une armée nationale. Le gouvernement ne sera que l'exécuteur de ses volontés. Le tribunal national jugera sans appel toutes les causes des individus, des associations, des communes entre [eux et la] province, aussi bien que tous les débats entre provinces. Dans les causes entre la province et l'État, qui seront également soumises à son jugement, les provinces pourront en appeler au tribunal international, s'il se trouve un jour établi.

La Fédération internationale

La Fédération comprendra toutes les nations qui se seront unies sur les bases ci-dessus et ci-dessous développées. Il est probable et est fort désirable que, lorsque l'heure de la grande Révolution aura de nouveau sonné, toutes les nations qui suivront la lumière de l'émancipation populaire se donnent la main pour une alliance constante et intime contre la coalition des pays qui se mettront sous les ordres de la réaction. Cette alliance devra former une fédération universelle des peuples qui, dans l'avenir, devra embrasser toute la terre. La fédération internationale des peuples révolutionnaires avec un parlement, un tribunal et un comité directeur internationaux, sera basée naturellement sur les principes mêmes de la révolution. Appliqués à la politique internationale, ces principes sont : Chaque pays, chaque nation, chaque peuple, petit ou grand, faible ou fort, chaque région, chaque province, chaque commune ont le droit absolu de disposer de leur sort ; de déterminer leur exigence propre, de choisir leurs alliances, de s'unir et de se séparer, selon leurs volontés et besoins sans aucun égard pour les soi-disant droits historiques et pour les nécessités politiques, commerciales ou stratégiques des États. L'union des parties en un tout, pour être vraie, féconde et forte, doit être absolument libre. Elle doit uniquement résulter des nécessités locales intérieures et de l'attraction mutuelle des parties, attraction et nécessités dont les parties sont seules juges. Abolition absolue du soi-disant droit historique et de l'horrible droit de conquête comme contraires au principe de la liberté. Négation absolue de la politique d'agrandissement, de gloire et de puissance de l'État, politique qui, faisant de chaque pays une forteresse qui exclut de son sein tout le reste de l'humanité, le force pour ainsi dire [à] se suffire absolument à lui-même., à s'organiser en lui-même comme un monde indépendant de toute humaine solidarité et [à] mettre sa prospérité et sa gloire dans le mal qu'il fera aux autres nations [Sur le manuscrit de Nettlau, « de » au lieu de « à ».].

Un pays conquérant est nécessairement un pays intérieurement esclave. La gloire et la grandeur d'une nation consistent uniquement dans le développement de son humanité. Sa force, son unité, la puissance de sa vitalité intérieure se mesurent uniquement par le degré de sa liberté. En prenant la liberté pour base, on arrive nécessairement à l'union ; mais de l'unité on arrive difficilement, sinon jamais, à la liberté. Et si l'on y arrive, ce n'est qu'en détruisant une unité qui a été faite en dehors de la liberté. La prospérité et la liberté des nations comme des individus sont absolument solidaires, et par conséquent liberté absolue de commerce, de transaction et de communication entre tous les pays fédérés. Abolition des frontières, des passeports et des douanes. Chaque citoyen d'un pays fédéré doit jouir de tous les droits civiques et doit pouvoir facilement acquérir le titre de citoyen et tous les droits politiques dans tous les autres pays appartenant à la même fédération. La liberté de tous, individus et corps collectifs étant solidaires, aucune nation, aucune province, aucune commune et association ne sauraient être opprimées, sans que toutes les autres ne soient et ne se sentent menacés dans leur liberté. Chacun pour tous et tous pour chacun, telle doit être la règle sacrée et fondamentale de la Fédération internationale. Aucun des pays fédérés ne pourra conserver d'armée permanente, ni d'institution qui sépareront le soldat du citoyen. Causes de ruine, de corruption, d'abrutissement et de tyrannie intérieurs, les armées permanentes et le métier de soldat sont [en outre] une [menace] contre la prospérité et l'indépendance de tous les autres pays.

Chaque citoyen valide doit au besoin devenir soldat pour la défense soit de ses foyers, soit de la liberté. L'armement matériel doit être organisé dans chaque pays par commune et par province, à peu près comme dans les États-Unis de l'Amérique et en Suisse. Le parlement international, composé soit d'une seule chambre, comprenant les représentants de toutes les nations, soit deux chambres, comprenant l'une ces mêmes représentants, l'autre les représentants directs de toute la population comprise par la Fédération internationale, sans distinction de nationalité, le parlement fédéral, ainsi composé, établira le pacte international et la législation fédérale que lui seul aura encore la mission de développer et de modifier selon les besoins du temps. Le tribunal international n'aura d'autre mission que de juger en dernière instance entre les États et leurs provinces respectives. Quant aux différents qui pourront surgir entre deux États fédérés, ils ne pourront être jugés en première et en dernière instance que par le parlement international qui décidera encore sans appel, dans toutes les questions de politique commune et de guerre, au nom de la fédération révolutionnaire tout entière, contre la coalition réactionnaire. Aucun État fédéré ne pourra jamais faire la guerre à un autre État fédéré. Le parlement international ayant prononcé son jugement, l'État condamné dot s'y soumettre. Sinon tous les autres États de la fédération devront interrompre leurs communications avec lui, le mettre en dehors de la loi fédérale, de la solidarité et de la communion fédérale et, en cas d'attaque de sa part, s'armer solidairement contre lui. Tous les États faisant partie de la fédération révolutionnaire devront prendre une part active à toute guerre que l'un d'eux ferait à un État non fédéré.

Chaque pays fédéré, avant de la déclarer, doit en avertir le parlement international, et ne la déclare que si celui-ci trouve qu'il y a une raison suffisante pour la guerre. S'il le trouve, le directoire exécutif fédéré prendra la cause de l'État offensé et demandera à l'État agresseur étranger, au nom de toute la fédération révolutionnaire, prompte réparation. Si au contraire le parlement jugera qu'il n'y a pas eu d'agression, ni d'offense réelle, il conseillera à l'État qui se plaint de ne point commencer la guerre, en l'avertissant que s'il la commence, il la fera tout seul. Il faut espérer qu'avec le temps les États fédérés renonçant au luxe ruineux de représentations particulières se contenteront d'une représentation diplomatique fédérale. La fédération internationale révolutionnaire restreinte sera toujours ouverte aux peuples qui voudront y entrer plus tard, sur la base des principes et de la solidarité militante et active de la Révolution ci-dessus et ci-dessous exposés, mais sans jamais faire la moindre concession de principes à aucun. Par conséquent ne pourront être reçus dans la fédération que les peuples qui auront accepté tous les principes récapitulés [dans le présent catéchisme].

Organisation sociale

Sans égalité politique point de liberté politique réelle mais l'égalité politique ne deviendra possible que lorsqu'il y aura égalité économique et sociale. L'égalité n'implique pas le nivellement des différences individuelles, ni l'identité intellectuelle, morale et physique des individus. Cette diversité des capacités et des forces, ces différences de races, de nations, de sexes, d'âges et d'individus, loin d'être un mal social, constituent au contraire la richesse de l'humanité. L'égalité économique et sociale n'implique pas non plus le nivellement des fortunes individuelles, en tant que produits de la capacité, de l'énergie productive et de l'économie de chacun. L'égalité et la justice réclament uniquement : une organisation de la société telle que tout individu humain naissant à la vie y trouve, en tant que cela dépendra non de la nature mais de la société, des moyens égaux pour le développement de son enfance et de son adolescence jusqu'à l'âge de sa virilité, pour son éducation et pour son instruction d'abord, et plus tard pour l'exercice des forces différentes que la nature aura mises en chacun pour le travail. Cette égalité de point de départ, que la justice réclame pour chacun, sera impossible tant qu'existera le droit de succession. La justice, autant que la dignité humaine exigent que chacun soit uniquement le fils de ses ouvres. Nous repoussons avec indignation le dogme du péché, de la honte et de la responsabilité héréditaires. Par la même conséquence nous devons rejeter l'hérédité fictive de la vertu, des honneurs et des droits ; celle de la fortune aussi. L'héritier d'une fortune quelconque n'est plus entièrement le fils de ses ouvres et, sous le rapport du point de départ, il est privilégié. Abolition du droit d'héritage.

- Tant que ce droit existera la différence héréditaire des classes, des positions, des fortunes, l'inégalité sociale en un mot et le privilège subsisteront sinon en droit, du moins en fait. Mais l'inégalité de fait, par une loi inhérente à la société, produit toujours l'inégalité des droits : l'inégalité sociale devient nécessairement inégalité politique. Et sans égalité politique, avons-nous dit, point de liberté dans le sens universel, humain, vraiment démocratique de ce mot ; la société restera toujours divisée en deux parts inégales, dont l'une immense, comprenant toute la masse populaire, sera opprimée et exploitée par l'autre. Donc le droit de succession est contraire au triomphe de la liberté, et si la société veut devenir libre, elle doit l'abolir. Elle doit l'abolir parce que, reposant sur une fiction, ce droit est contraire au principe même de la liberté. Tous les droits individuels, politiques et sociaux, sont attachés à l'individu réel et vivant. Une fois mort il n'y a plus ni volonté fictive d'un individu qui n'est plus et qui, au nom de la mort, opprime les vivants. Si l'individu mort tient à l'exécution de sa volonté, qu'il vienne l'exécuter lui-même s'il le peut, mais il n'a pas le droit d'exiger que la société mettre toute sa puissance et son droit au service de sa non-existence. Le but légitime et sérieux du droit de succession a été toujours d'assurer aux générations à venir les moyens de se développer et de devenir des hommes. Par conséquent, seul le fonds d'éducation et d'instruction publique aura le droit d'hériter avec l'obligation de pourvoir également à l'entretien, à l'éducation et à l'instruction de tous les enfants depuis leur naissance jusqu'à l'âge de la majorité et de leur émancipation complète.

De cette manière tous les parents seront également rassurés sur le sort de leurs enfants, et comme l'égalité de tous est une condition fondamentale de la moralité de chacun, et que tout privilège est une source d'immoralité, tous les parents sont l'amour pour leurs enfants est raisonnable et aspire non à leur vanité mais à leur humaine dignité, s'ils avaient même la possibilité de leur laisser un héritage qui les placerait dans une position privilégiée, préférant pour eux le régime de la plus complète égalité. L'inégalité résultant du droit de succession une fois abolie, restera toujours, quoique considérablement amoindrie, celle qui résultera de la différence des capacités, des forces et de l'énergie productive des individus, différence qui, à son tour, sans jamais disparaître entièrement, s'amoindrira toujours de plus en plus sous l'influence d'une éducation et qui d'ailleurs, une fois le droit de succession aboli, ne pèsera jamais sur les générations à venir. Le travail étant le seul producteur de richesse, chacun est libre sans doute soit de mourir de faim, soit d'aller vivre dans les déserts ou dans les forêts parmi les bêtes sauvages, mais quiconque veut vivre au milieu de la société doit gagner sa vie par son propre travail, au risque d'être considéré comme un parasite, comme un exploiteur du bien, c'est-à-dire du travail d'autrui, comme un voleur. Le travail est la base fondamentale de la dignité et du droit humains. Car c'est uniquement par le travail libre et intelligent que l'homme, devenant créateur à son tour et conquérant, sur le monde extérieur et sur sa propre bestialité, son humanité et son droit, crée le monde civilisé. Le déshonneur qui, dans le monde antique, aussi bien que dans la société féodale, fut attaché à l'idée du travail, et qui en grande partie reste encore attaché aujourd'hui, malgré toutes les phrases que nous entendons répéter chaque jour sur sa dignité, ce mépris stupide du travail a deux sources :

La première, c'est une conviction si caractéristique des anciens et qui même aujourd'hui compte encore tant de partisans secrets ; que pour donner à une portion quelconque de l'humaine société les moyens de s'humaniser par la science, par les arts, par la connaissance et pat l'exercice du droit, il faut qu'une autre portion, naturellement plus nombreuse, se voue au travail comme esclave. Ce principe fondamental de la civilisation antique fut la cause de sa ruine. La cité corrompue et désorganisée par le désœuvrement privilégié des citoyens, minée d'un autre côté par l'action imperceptible et lente mais constante de ce monde déshérité des esclaves, moralisés malgré l'esclavage et maintenus dans leur force primitive par l'action salutaire du travail même forcé, tomba sous les coups des peuples barbares, auxquels, par leur naissance, avaient appartenu en grande partie ces esclaves. Le christianisme, cette religion des esclaves, n'avait plus tard détruit l'antique irrégularité que pour en créer une nouvelle : le privilège de la grâce et de l'élection divine fondé sur l'inégalité produite naturellement par le droit de conquête, sépara de nouveau la société humaine en deux camps : la canaille et la noblesse, les serfs et les maîtres, en attribuant à ces derniers le noble métier des armes et du gouvernement et ne laissant aux serfs que le travail non seulement avili, mais encore maudit. La même cause produit nécessairement les mêmes effets ; le monde nobiliaire, énervé et démoralisé par le privilège du désœuvrement, tomba en 1789 sous les coups des serfs, travailleurs révoltés unis et puissants. Alors fut proclamée la liberté du travail, sa réhabilitation en droit. Mais seulement en droit, car de fait le travail reste encore déshonoré, asservi.

La première source de cet asservissement, nommément celle qui consistait dans le dogme de l'inégalité politique des hommes, ayant été supprimée par la grande Révolution, il faut attribuer le mépris actuel du travail à sa seconde, qui n'est autre que la séparation qui s'est faite et qui existe dans sa force encore aujourd'hui, entre le travail intellectuel et le travail manuel et qui, reproduisant sous une forme nouvelle l'antique inégalité, partage de nouveau le monde social en deux camps : la minorité privilégiée désormais non plus par la loi mais par le capital, et la majorité des travailleurs forcés, non plus par le droit unique du privilège légal, mais par la faim. En effet, aujourd'hui, la dignité du travail est déjà théoriquement reconnue et l'opinion publique admet qu'il est honteux de vivre sans travail. Seulement, comme le travail humain, considéré dans sa totalité, se divise en deux parts, dont l'une, tout intellectuelle et déclarée exclusivement noble, comprend les sciences, les arts, et dans l'industrie l'application des sciences et des arts, l'idée, la conception, l'invention, le calcul, le gouvernement et la direction générale ou subordonnée des forces ouvrières, et l'autre seulement l'exécution manuelle réduite à une action purement mécanique, sans intelligence, sans idée, par cette loi économique et sociale de la division du travail, les privilégiés du capital, sans excepter ceux qui y sont les moins autorisés par la mesure de leurs capacités individuelles, s'emparent de la première et laissent la seconde au peuple. Il en résulte trois grands maux : l'un pour ces privilégiés du capital ; l'autre, pour les masses populaires ; et le troisième, procédant de l'un et de l'autre, pour la production des richesses, pour le bien-être, pour la justice et pour le développement intellectuel et moral de la société tout entière. Le mal dont souffrent les classes privilégiées est celui-ci : en se faisant la belle part dans la répartition des fonctions sociales, elles s'en font une, de plus en plus mesquine, dans le monde intellectuel et moral.

Il est parfaitement vrai qu'un certain degré de loisir est absolument nécessaire pour le développement de l'esprit, des sciences et des arts ; mais ce doit être un loisir gagné, succédant aux seines fatigues d'un travail journalier, un loisir juste et dont la possibilité, dépendant uniquement du plus ou du moins d'énergie, de capacité et de bonne volonté dans l'individu, serait socialement égale pour tout le monde. Tout loisir privilégié, au contraire, loin de fortifier l'esprit, l'énerve, le démoralise et le tue. Toute l'histoire nous le prouve : à quelques exceptions, les classes privilégiées sous le rapport de la fortune et du sang, ont été toujours les moins productives sous e rapport de l'esprit, et les plus grandes découvertes dans la science, dans les arts et dans l'industrie, ont été faites pour la plupart du temps par des hommes qui, dans leur jeunesse, ont été forcé de gagner leur vie par un rude travail. L'humaine nature est ainsi faite, que la possibilité du mal en produit immanquablement et toujours la réalité, et que la moralité de l'individu dépend beaucoup plus des conditions de son existence et du milieu dans lequel il vit que de sa volonté propre. Sous ce rapport ainsi que sous tous les autres, la loi de la solidarité sociale est inexorable, de sorte que pour moraliser les individus il ne faut pas tant s'occuper de leur conscience que de la nature de leur existence sociale ; et il n'est point d'autre moralisateur, ni pour la société ni pour l'individu, que la liberté dans la plus parfaite égalité. Prenez le plus sincère démocrate et mettez-le sur un trône quelconque ; s'il n'en descend aussitôt, il deviendra immanquablement une canaille. Un homme né dans l'aristocratie, si, par un heureux hasard, il ne prend pas en mépris et en haine son sang, et s'il n'a pas honte de l'aristocratie, sera nécessairement un homme aussi mal (sic) que vain, soupirant après le passé, inutile dans le présent et adversaire passionné de l'avenir.

De même le bourgeois, enfant chéri du capital et du loisir privilégie, fera tourner son loisir en désœuvrement, en corruption, en débauche, ou bien s'en servira comme d'une arme terrible pour asservir davantage les classes ouvrières et finira par soulever contre lui une Révolution plus terrible que celle de 1793. Le mal dont souffre le peuple est encore plus facile à déterminer : il travaille pour autrui, et son travail, privé de liberté, de loisir et d'intelligence, et par là même avili, le dégrade, l'écrase et le tue. Il est forcé de travailler pour autrui, parce que né dans la misère, et privé de toute instruction et de toute éducation rationnelle, moralement esclave grâce aux influences religieuses, il se voit jeté dans la vie désarmé, discrédité, sans initiative et sans volonté propre. Forcé par la faim, dès sa plus tendre enfance, à gagner sa triste vie, il doit vendre sa force physique, son travail aux plus dures conditions sans avoir ni la pensée, ni la faculté matérielle d'en exiger d'autres. Réduit au désespoir par la misère, quelquefois il se révolte mais, manquant de cette unité et de cette force que donne la pensée, mal conduit, le plus souvent trahi et vendu par ses chefs, et ne sachant presque jamais à quoi s'en prendre des maux qu'il endure, frappant le plus souvent à faux, il a, jusqu'à présent du moins, échoué dans ses révoltes et, fatigué d'une lutte stérile, il est toujours retombé sous l'antique esclavage. Cet esclavage durera tant que le capital, restant en dehors de l'action collective des forces ouvrières, l'exploitera, et tant que l'instruction qui, dans une société bien organisée devrait être également répartie sur tout le monde, ne développant que l'intérêt d'une classe privilégiée, attribuera à cette dernière toute la partie spirituelle du travail, et ne laissera au peuple que la brutale application de ses forces physiques asservies et toujours condamnées à exercer des idées qui ne sont pas les siennes. Par cette injuste et funeste déviation, le travail du peuple, devenu un travail purement mécanique et pareil à celui d'une bête de somme, est déshonoré, méprisé, et, par une conséquence naturelle, déshérité de tout droit.

Il en résulte pour la société, sous le rapport politique, intellectuel et moral, un mal immense. La minorité jouissant du monopole et de la science, par l'effet même de ce privilège, est frappée à la fois à l'intelligence et au cœur, jusqu'au point de devenir stupide à force d'instruction, car rien n'est aussi malfaisant et stérile que l'intelligence patentée et privilégiée. D'au autre côté, le peuple, absolument dénué de science, écrasé par un travail quotidien mécanique, capable d'abrutir plutôt que de développer son intelligence naturelle, privé de la lumière qui pourrait lui montrer la voie de sa délivrance, se débat vainement dans son bouge forcé, et comme il a toujours pour lui la force, que donne le nombre, il met toujours ne péril l'existence même de la société. Il est donc nécessaire que la division inique établie entre le travail intellectuel et le travail manuel soit autrement établie. La production économique de la société souffre elle-même considérablement, l'intelligence séparée de l'action corporelle s'énerve, se dessèche, se flétrit, tandis que la force corporelle de l'humanité, séparée de l'intelligence s'abrutit et, dans cet état de séparation artificielle, aucune de produit la moitié de ce qu'elle peut, de ce qu'elle doit produire lorsque, réunies dans une nouvelle synthèse sociale, elles ne formeront plus qu'une seule action productive. Lorsque l'homme de science travaillera et l'homme du travail pensera, le travail intelligent et libre sera considéré comme le plus beau titre de gloire pour l'humanité, comme la base de sa dignité, de son droit, comme la manifestation de son pouvoir humain sur la terre ; et l'humanité sera constituée. Le travail intelligent et libre sera nécessairement un travail associé.

Libre sera chacun de s'associer ou de ne point s'associer pour le travail, mais il n'est point de doute qu'à l'exception des travaux d'imagination et dont la nature exige la concentration de l'intelligence individuelle en elle-même, dans toutes les entreprises industrielles et même scientifiques ou artistiques qui admettent par leur nature le travail associé, l'association sera préférée par tout le monde, pour la simple raison que l'association multiplie d'une manière merveilleuse les forces productives de chacun, et que chacun devenant membre et coopérateur d'une association productive, avec moins de temps et beaucoup moins de peine, gagnera beaucoup plus. Lorsque les associations productives et libres cessant d'être les esclaves, et devenant à leur tour les maîtresses et les propriétaires du capital qui leur sera nécessaire, comprendront dans leur sein, à titre de membres coopérateurs à côté des forces ouvrières émancipées par l'instruction générale, toutes les intelligences spéciales réclamées par leur entreprise, lorsque, se combinant entre elles, toujours librement, selon leurs besoins et selon leur nature, dépassant tôt ou tard toutes les frontières nationales, elles formeront une immense fédération économique, avec un parlement éclairé par les données aussi larges que précises et détaillées d'une statistique mondiale, telle qu'il n'en peut encore exister aujourd'hui, et qu'ils combinent l'offre avec la demande pour gouverner, déterminer et répartir entre différents pays la production de l'industrie mondiale, de sorte qu'il n'y aura plus ou presque plus de crises commerciales ou industrielles, de stagnation forcée, de désastres, plus de peines ni de capitaux perdus, alors le travail humain, émancipation de chacun et de tous, régénérera le monde.

La terre avec toutes ses richesses naturelles est la propriété de tout le monde, mais elle ne sera possédée que par ceux qui la cultiveront. La femme, différente de l'homme, mais non à lui inférieure, intelligente, travailleuse et libre comme lui, est déclarée son égale dans les droits comme dans toutes les fonctions et devoirs politiques et sociaux.

De la famille et de l'école

Abolition, non de la famille naturelle, mais de la famille légale, fondée sur le droit civil et sur la propriété. Le mariage religieux et civil est remplacé par le mariage libre. Deux individus majeurs et de sexe différent ont le droit de s'unir et de se séparer selon leur volonté, leurs intérêts mutuels et les besoins de leur cœur, sans que la société ait le droit, soit d'empêcher leur union, soit de les y maintenir malgré eux. Le droit de succession étant aboli, l'éducation de tous les enfants étant assurée par la société, toutes les raisons qui ont été jusqu'à présent assignés pour la consécration politique et civile de l'irrévocabilité du mariage disparaissent, et l'union de deux sexes doit être rendue à son entière liberté, qui ici, comme partout et toujours, est la condition sine qua non de la sincère moralité. Dans le mariage libre, l'homme et la femme doivent également jouir d'une liberté absolue. Ni la violence de la passion, ni les droits librement accordés dans le passé ne pourront servir d'excuse pour aucun attentat de la part de l'un contre la liberté de l'autre, et chaque attentat sera considéré comme un crime. Du moment qu'une femme porte un enfant dans son sein, jusqu'à ce qu'elle l'ait mis au monde, elle a droit à une subvention de la part de la société, payée non pour le compte de la femme, mais pour celui de l'enfant. Toute mère qui voudra nourrir et élever ses enfants recevra également de la société tous les frais de leur entretien et de sa peine [prodiguée] aux enfants. Les parents auront le droit de garder près d'eux leurs enfants et de s'occuper de leur éducation, sous la tutelle et sous le contrôle suprême de la société qui conservera toujours le droit et le devoir de séparer les enfants de leurs parents, toutes les fois que ceux-ci, soit par leur exemple, soit par leurs préceptes ou traitement brutal, inhumain, pourront démoraliser ou même entraver, le développement de leurs enfants.

Les enfants n'appartiennent ni à leurs parents, ni à la société, ils s'appartiennent à eux-mêmes et à leur future liberté. Comme enfant, jusqu'à l'âge de leur émancipation, ils ne sont libres qu'en possibilité, et doivent se trouver par conséquent sous le régime de l'autorité. Les parents sont leurs tuteurs naturels, il est vrai, mais le tuteur légal et suprême, c'est la société, qui a le droit et le devoir de s'en occuper, parce que son propre avenir dépend de la direction intellectuelle et morale qu'on donnera aux enfants. [La société] ne peut donner la liberté aux majeurs qu'à condition de surveiller l'éducation des mineurs. L'école doit remplacer l'Église avec l'immense différence que celle-ci, en distribuant son éducation religieuse, n'a point d'autre but que d'éterniser le régime de l'humaine naïveté et de l'autorité soi-disant divine, tandis que l'éducation et l'instruction de l'école, n'ayant, au contraire, d'autre fin que l'anticipation réelle des enfants lorsqu'ils seront arrivés à l'âge de la majorité, ne sera autre chose que leur initiation graduelle et progressive à la liberté par le triple développement de leurs forces physiques, de leur esprit et de leur volonté. La raison, la vérité, la justice, le respect humain, la conscience de la dignité personnelle, solidaire et inséparable de la dignité humaine dans autrui, l'amour de la liberté pour soi-même et pour tous les autres, le culte du travail comme base et condition de tout droit ; le mépris de la déraison, du mensonge, de l'injustice, de la lâcheté, de l'esclavage, du désœuvrement, telles devront être les bases fondamentales de l'éducation publique. Elle doit former des hommes, tout d'abord, ensuite des spécialités ouvrières et des citoyens, et à mesure qu'elle avancera avec l'âge des enfants, l'autorité devra naturellement faire de plus en plus place à la liberté, afin que les adolescents, arrivés à l'âge de la majorité, étant émancipés par la loi, puissent avoir oublié comment, dans leur enfance, ils ont été gouvernés et conduits autrement que par la liberté.

Le respect humain, ce genre de la liberté, doit être présent même dans les actes les plus sévères et les plus absolus de l'autorité. Toute l'éducation morale est là ; inculquez ce respect aux enfants et vous en aurez fait des hommes. L'instruction primaire et secondaire une fois terminée, les enfants, selon leurs capacités et leurs sympathies, conseillés, éclairés mais non violentés par leurs supérieurs, choisiront une école supérieure ou spéciale quelconque. En même temps chacun devra s'appliquer à l'étude théorique et pratique de la branche d'industrie qui lui plaira davantage et la somme qu'il aura gagné par son travail durant son apprentissage lui sera remise à sa majorité. Une fois l'âge de la majorité atteint, l'adolescent sera proclamé libre et maître de ses actes. En échange des soins que la société lui a prodigués durant son enfance, elle exigera de lui trois choses : qu'il reste libre, qu'il vive de son travail et qu'il respecte la liberté d'autrui. Et, comme les crimes et les vices dont souffre la société actuelle sont uniquement le produit d'une mauvaise organisation sociale, on pourra être certain qu'avec une organisation et une éducation de la société basées sur la raison, sur la justice, sur la liberté, sur le respect humain et sur la plus complète égalité, le bien deviendra la règle et le mal une maladive exception, qui diminuera de plus en plus sous l'influence toute-puissante de l'opinion publique moralisée. Les vieillards, les invalides, les malades, entourés de soins, de respect et jouissant de tous les droits, tant publics que sociaux, seront traités et entretenus avec profusion aux frais de la société.

Politique révolutionnaire

C'est notre conviction fondamentale que, toutes les libertés nationales étant solidaires, les révolutions particulières dans tous les pays doivent l'être aussi, que désormais en Europe comme dans tout le monde civilisé, il n'y aura plus des révolutions, mais seulement la Révolution universelle, comme il n'y a plus qu'une seule réaction européenne et mondiale ; que, par conséquent, tous les intérêts particuliers, toutes les vanités, prétentions, jalousies et hostilités nationales doivent se fondre aujourd'hui dans l'unique intérêt commun et universel de la Révolution, qui assurera la liberté et l'indépendance de chaque nation, par la solidarité de toutes ; que la Sainte Alliance de la [contre-] Révolution mondiale et la conspiration des rois, du clergé, de la noblesse et de la féodalité bourgeoise, appuyée sur d'énormes budgets, sur des armées permanentes, sur une bureaucratie formidable, armés de tous les terribles moyens que leur donne la centralisation moderne, avec l'habitude et pour ainsi dire avec la routine de l'action et du droit de conspirer et de tout faire à titre légal sont un fait immense, menaçant, écrasant, et que, pour les combattre, pour lui opposer un fait d'une égale puissance, pour le vaincre et de détruire, il ne faut rien moins que l'alliance et l'action révolutionnaires simultanées de tous les peuples du monde civilisé. Contre cette réaction mondiale, la Révolution isolée d'aucun peuple ne saurait réussir. Elle serait une folie, par conséquent une faute pour lui-même et une trahison, un crime, contre toutes les autres nations. Désormais, le soulèvement de chaque peuple doit se faire non en vue de lui-même, mais en vue de tout le monde. Mais, pour qu'une nation se soulève en vue et au nom de tout le monde, il faut qu'elle ait le programme de tout le monde, assez large, assez profond, assez vrai, assez humain en un mot, pour embrasser les intérêts de tout le monde, et pour électriser les passions de toutes les masses populaires de l'Europe, sans différence de nationalité.

Le programme ne peut être que celui que la Révolution démocratique et sociale. L'objet de la Révolution démocratique et sociale peut être défini en deux mots : Politiquement : c'est l'abolition du droit historique, du droit de conquête et du droit diplomatique. C'est l'émancipation complète des individus et des associations du joug de l'autorité divine et humaine : c'est la destruction absolue de toutes les unions et agglomérations forcées des communes dans les provinces, des provinces et des pays conquis dans l'État. Enfin, c'est la dissolution radicale de l'État centraliste, tutélaire, autoritaire, avec toutes les institutions militaires, bureaucratiques, gouvernementales, administratives, judiciaires et civiles. C'est en un mot la liberté rendue à tout le monde, aux individus, comme à tous les corps collectifs, associations, communes, provinces, régions et nations, et la garantie mutuelle de cette liberté par la fédération. Socialement : c'est la confirmation de l'égalité politique par l'égalité économique. C'est, au commencement de la carrière de chacun, l'égalité du point de départ, égalité non naturelle mais sociale pour chacun, c'est-à-dire égalité des moyens d'entretien, d'éducation, d'instruction pour chaque enfant, garçon ou fille, jusqu'à l'époque de sa majorité.

Michel Bakounine

FIN